COLLECTION
Cascade

ANNIE PAQUET
LA PISTE DES CARIBOUS
ILLUSTRATIONS DE CHRISTIAN HEINRICH

RAGEOT - ÉDITEUR

A Bertrande
A Philippe

Couverture de ALAIN GAUTHIER
ISBN 2.7002.1053-0

© RAGEOT-ÉDITEUR Paris, 1989.
Loi n° 49-956 du 16-7-1949 sur les publications destinées à la jeunesse.
Tous droits de reproduction, de traduction et d'adaptation réservés pour tous pays.

GANOK, L'INUIT QUI VENAIT D'AILLEURS

La porte de sa chambre s'était refermée et il se laissait bercer par la voix de ses parents, assourdie par la mince cloison. Ce soir-là, le froid s'était fait plus vif, piquant, et Ganok entendait craquer le bois des murs de la petite maison, la « baraque » comme disait le Père d'un ton sarcastique. Au chaud sous son édredon de plumes, il se sentait à l'abri de tout, du froid et du monde.

Outqisarlormiout ! Outqisarlormiout !

Ce nom lui résonna soudain aux oreilles et revint, lancinant. Ganok eut une grimace de tristesse et tenta de chasser le souvenir douloureux. Pour y parvenir, il se mit à penser à Paul, le fils du pasteur d'Inouc-djouac. C'était le seul garçon de sa classe avec lequel il se sentait en confiance, mais il était blanc et Ganok était Inuit *.

Paul était très bon élève. Il lisait à la perfection et, même en sport, il était l'un des plus doués : grand et mince, il excellait

---

* *Inuit* ou *Inouk* : terme par lequel ceux que nous appelons les « esquimaux » se désignent eux-mêmes. Il signifie : hommes, êtres humains.

dans tous les sauts tandis que Ganok, plus trapu mais néanmoins agile, préférait les agrès.

Souvent durant la classe, les deux enfants se lançaient des regards à la dérobée à travers la salle, mais ils n'avaient pas encore établi la complicité qu'ils souhaitaient en secret tous les deux. Car il y avait à cela un obstacle qui n'était pas dû à la seule timidité...

Paul aurait pu se sentir isolé au milieu de ses camarades Inuit. Il n'en était rien. Comme eux, il était né à Inoucdjouac, au bord de la Baie d'Hudson, dans le grand Nord canadien. Bien que blanc et fils de pasteur, donc très différent des autres, il s'y sentait parfaitement chez lui et partageait depuis sa petite enfance la vie et les jeux des jeunes Inuit.

Outqisarlormiout! *Outqisarlormiout*!

A nouveau, ce nom revenait et Ganok n'arrivait pas à s'en défendre malgré ses efforts, car il correspondait bien à la réalité : Ganok se sentait rejeté de ses camarades, isolé, à part. Rêveur et distrait, il s'était encore fait rappeler à l'ordre le matin même par l'instituteur. Une fois de plus, son imagination l'avait emporté vers les grandes étendues où souffle le blizzard, vers les troupeaux de caribous broutant paresseusement au soleil – grandes masses sombres au pelage ras et luisant, aux bois immenses – vers l'immense toundra arctique.

Ganok n'était pas né à Inoucdjouac. Il habitait au village depuis peu, et était le seul enfant qui eût connu la véritable liberté des Inuit qui vivent dans les iglous, chassent et se déplacent en traîneau sur la glace.

Assis sur son banc, il se croyait ce matin sur le traîneau de son père, emmitouflé jusqu'aux yeux, son capuchon de fourrure bien serré autour de la tête, et criant à pleins poumons : « *Haïkak* ! *Haïkak* ! » pour faire accélérer la meute des chiens...

Oui, l'instituteur avait raison : une fois de plus, il n'avait pas écouté. Mais ce jour-là, il n'avait pu supporter les moqueries des autres enfants. A la récréation, ils l'avaient entouré, serré de près, puis avaient formé une ronde endiablée autour de lui en chantant : « *Outqisarlormiout !* *Outqisarlormiout !* » C'était le nom de sa tribu d'Inuit Caribous, cette tribu disparue dans la grande toundra canadienne et dont il était si fier ! Et ce nom était devenu dans la bouche des enfants hilares comme une insulte.

Seul Paul ne s'était pas mêlé à la ronde moqueuse ; il était resté à l'écart en faisant semblant d'être occupé et jetait à Ganok des regards appuyés, pleins de sympathie.

A ce souvenir et malgré ses onze ans, Ganok se mit à pleurer doucement. Il lui semblait qu'il n'était plus heureux depuis son arrivée à Inoucdjouac, et qu'il ne le serait jamais plus. Pourquoi avait-il fallu quitter la tribu, le territoire de chasse et le village d'iglous de Killiguvuk ? Les larmes coulaient le long de ses joues et lui chatouillaient le cou, mais Ganok était si triste qu'il ne les sentait pas.

Soudain, le ton monta dans la pièce à côté. Ganok entendit crier le Père, Kulluarjuk, puis un bruit de verre fracassé. La porte de la petite maison claqua, refermée à toute volée : le Père et la Mère s'étaient encore querellés et Kulluarjuk allait rentrer tard, après une visite prolongée à l'épicerie-buvette du village. Il avait besoin de se distraire de sa tristesse et de ses soucis en écoutant parler les hommes du village et en buvant lentement son whisky. De temps en temps, il jetait un coup d'œil sur la télévision accrochée au mur derrière le bar. Ce n'est qu'après plusieurs verres qu'il s'enhardissait et se mêlait aux conversations, car la fierté et l'humiliation le retenaient : à Killiguvuk, il était le *chaman,* l'homme tout-puissant qui parle aux Esprits, guérit les malades et demande aux animaux d'accepter de se faire tuer pour que les Inuit puissent se nourrir. A Inoucdjouac, il n'était plus qu'un pauvre homme à tout faire, à qui l'on donnait du travail par pitié.

INOUCDJOUAC

Inoucdjouac était un ancien comptoir de trappeurs situé sur la rive droite de la Baie d'Hudson, dans le grand Nord canadien. Les rives de la Baie sont presque plates et à peine remarquait-on que les rues montaient doucement de la côte vers l'intérieur des terres. Les quelques constructions en dur : la mairie, l'école, le dispensaire, l'église et le presbytère, étaient en bas, proches du rivage. C'était là qu'au siècle dernier les trappeurs venaient vendre leurs peaux d'ours et de renards et acheter viande séchée et graisse de phoque ainsi que des cartouches et des ustensiles divers.

C'est là que se trouvait aussi l'épicerie-buvette, le lieu le plus animé d'Inoucdjouac, où les consommateurs pouvaient rester des heures à regarder la télévision entre deux conversations.

Plus on s'éloignait du bord de la Baie, plus les rues étroites qui se coupaient à angle droit étaient semblables. Les maisons étaient toutes les mêmes, construites en préfabriqué, petites, en bois, avec un toit de tôle. Devant chaque porte il y avait une grille métallique aux fines mailles afin de pouvoir laisser la porte ouverte durant le court été arctique sans que les nuées de redoutables moustiques pénètrent à l'intérieur.

Artisans et commerçants menaient là une vie paisible et, pour tout dire, des plus monotones : le village le plus proche se trouvait à plus de 150 miles et aucun obstacle n'attirait le regard. A perte de vue s'étendaient la Baie et ses glaces, et une terre plate, infinie, désespérante, où poussait une maigre végétation de mousses et de lichens.

Ganok n'était pas vraiment malheureux à Inoucdjouac. Il menait la vie de tous les enfants de ces terres froides. La « baraque », sa maison, était minuscule mais bien chauffée. Le matin, Ganok buvait son lait bouillant accompagné d'œufs au plat et de toasts au sirop d'érable ; puis il enfilait son anorak fourré au capuchon douillet, ses moufles doublées de phoque et, chaussé de ses raquettes, il partait pour l'école, son cartable dans le dos.

L'école était moderne, claire et spacieuse. On y apprenait une foule de choses et Ganok était fasciné par tous les mots qui n'existent pas dans la langue des Inuit : magnétophone, hélicoptère, politique, gestion, gratte-ciel... Une fois par an, les enfants passaient une visite médicale au dispensaire du village et c'est là que Ganok avait été vacciné, une des premières choses qu'on avait exigée de ses parents dès leur arrivée à Inoucdjouac.

A treize ou quatorze heures selon les jours, Ganok rentrait à la maison, la classe était finie. Il déjeunait légèrement, d'une soupe le plus souvent, car c'était le soir qu'avait lieu le repas principal. La nourriture, tout comme l'aspect d'Inoucdjouac, était typiquement américaine : il ne serait venu à l'esprit de personne de manger autre chose que des steaks copieusement arrosés de ketchup ou des hamburgers. Le temps où l'on mâchonnait consciencieusement des morceaux de viande de phoque était bien révolu... Ganok accompagnait son repas de Coca-Cola, mais il aurait préféré la *root beer*, sorte de bière à base de racines dont Kulluarjuk lui laissait boire une gorgée de temps en temps.

Après le repas, il faisait ses devoirs et dessinait tandis que la Mère, Niviaqsoq, travaillait sous la lampe. Ayant durant des années cousu des peaux pour confectionner les vêtements de sa famille, elle était bonne couturière. Aussi beaucoup de femmes du village lui donnaient-elles des travaux de coupe ou de retouche, ce qui lui procurait un petit revenu.

Son travail terminé, Ganok se rhabillait et filait dehors. Il n'aimait pas rester enfermé entre quatre murs et préférait courir, glisser sur la neige verglacée et sentir le froid lui piquer les joues. La nuit tombait très tôt, mais Ganok n'avait pas peur du noir, il était habitué à la vie des nomades du grand Nord. Jamais au cours de ces sorties il n'oubliait d'aller parler à Kangtsiak, le chien, qui couchait devant l'appentis et rêvait sans doute aux longues courses de son passé !

Kulluarjuk, le Père, rentrait rarement de bonne humeur. Il parlait peu, du moins en présence de Ganok. Il rendait des services à droite et à gauche mais cela ne rapportait guère. En outre, on lui versait une petite allocation qu'il allait toucher tous les mois au bureau de poste, mais dont il dépensait la majeure partie à l'épicerie-buvette du village. Ganok redoutait toujours un peu son retour à la maison...

Dès qu'il arrivait, il allumait la télévision puis la famille se mettait à table. Niviaqsoq tournait presque le dos à l'appareil : elle ne pouvait pas s'habituer au petit écran qui ne montrait que des choses si étrangères à sa propre vie, des femmes à demi nues qui la faisaient rougir et des villes qui lui semblaient inhumaines.

A huit heures, Ganok allait se coucher.

UNE VIE DE LIBERTÉ

Jamais Ganok ne laissait soupçonner à la Mère qu'il était au courant des disputes du ménage. Pour tenter de la consoler, il restait souvent un moment auprès d'elle pour faire ses devoirs et pour qu'elle lui racontât des histoires. C'étaient toujours les mêmes récits qu'il lui demandait, ceux de leur vie à Killiguvuk dont le souvenir, pourtant, était encore proche dans sa mémoire. C'était pour le plaisir... Il s'installait sous la lampe dans la pièce commune qui servait aussi de cuisine, et écoutait Niviaqsoq, les yeux au loin, le regard perdu.

– Te rappelles-tu notre maison d'été ? commença-t-elle ce jour-là, c'était une grande tente en peau de caribou que nous dressions à la belle saison pour la chasse aux oiseaux et qui se transportait facilement quand nous changions de campement... Tiens, cela me rappelle qu'il va falloir déplier et étendre les peaux dès que le temps le permettra, je crains qu'elles ne s'abîment à force de ne plus servir !

– Continue, la Mère, raconte encore ! supplia Ganok, impatiemment.

– Nous étions tous joyeux car c'était la période d'été où l'on chasse les mergules blanches et noires et la tribu entière y participait : hommes, femmes et enfants. Il y avait des milliers d'oiseaux qui nichaient dans les rochers au bord du lac et nous les attrapions avec des filets. Le soir, on rentrait au campement et nous, les femmes, nous dépecions les mergules. Il fallait mettre soigneusement de côté les plumes et aussi la peau avec son duvet qui allait servir plus tard à faire des chaussons douillets et chauds.

A ces mots, les yeux de Niviaqsoq se remplirent de larmes. Des petits chaussons en peau d'oiseau, elle en avait gardé une paire, minuscule, celle de sa petite fille qui était morte de froid au cours du grand voyage, alors qu'elle la portait dans son dos, enfouie dans le capuchon de son anorak...

Ganok comprit que la Mère pensait à sa petite sœur. Il essaya de faire diversion :

– Tu sais, dit-il, je préfère quand tu racontes l'hiver, le froid, la chasse aux caribous. Raconte, la Mère, s'il te plaît !

Niviaqsoq eut un sourire triste :

– Tu es bien un garçon, et un véritable Inuit Caribou !

– Oui, reprit-elle après un silence, la saison du froid et de la nuit était aussi une belle saison... Nous vivions alors dans nos iglous de neige. Te rappelles-tu quand tu as aidé le Père et tes oncles à construire le nôtre ? La tribu entière riait car tu n'arrivais pas à manier le couteau à neige, trop grand pour tes petites mains... Je t'ai alors prêté mon *ulu*, le couteau des femmes. Tu étais tellement drôle, taillant des blocs de neige avec un sérieux imperturbable, à l'aide de ce simple couteau de femme !

Et elle rit de bon cœur à ce souvenir.

– Non, non, pas ça... raconte les caribous, la Mère, raconte les caribous ! l'arrêta Ganok, vexé.

– Le Père le ferait bien mieux que moi, mon fils, répondit Niviaqsoq. Il était très fier de toi car déjà quand tu étais tout petit, tu n'arrivais jamais à t'endormir la veille d'une chasse malgré les nombreuses berceuses que je te chantais. Le Père disait que tu serais plus tard un valeureux chasseur et que tu entendais déjà l'appel des caribous... Les hommes partaient en traîneau à la poursuite d'un troupeau, car les caribous se déplacent sans cesse à la recherche de nourriture et il faut repérer leur trace – ce qui n'est pas aisé lorsqu'il a neigé après leur passage... Le droit de tirer le premier revenait au chasseur qui avait vu un caribou avant les autres. Souvent, ce chasseur était le Père. Il ne m'en disait rien, mais je l'apprenais ensuite, quand les hommes mimaient la chasse par des chants et des danses... Te rappelles-tu ces veillées qui duraient toute la nuit et réunissaient toute la tribu ! Le Père rendait hommage à l'Esprit des caribous qui avait permis de trouver le troupeau et de faire bonne chasse.

– Et après ? l'interrompit Ganok avec fougue. Raconte, s'il te plaît ! Après la chasse, après la chasse !

– Alors, reprit Niviaqsoq, c'était à nous, les femmes, de nous mettre au travail ! Et cela demandait à la fois force et adresse : il fallait dépecer les caribous, les découper en quartiers pour conserver la viande, mettre de côté la graisse et aussi l'estomac car sa membrane très fragile servait à fabriquer un tambour. Chaque morceau, chaque organe était utilisé et il ne fallait rien gâcher. Mais avec l'habitude, on prenait le coup de main ! Durant une bonne partie de la nuit, nous nous activions et je t'assure que nous ne chômions pas... Il n'y avait presque plus de place pour se tenir dans l'iglou, avec les bassines de viande qui encombraient l'espace. Les rires fusaient de toute part, nous travaillions en chantant joyeusement : il y avait à nouveau des réserves de viande et de la graisse pour les lampes... Et le souci du lendemain s'effaçait pour un moment !

Ganok était pensif, la tête entre les mains, les coudes appuyés sur la table.

– Oui, la Mère, nous étions si bien dans notre iglou ! Il y avait une drôle d'odeur que j'aimais : celle de la mèche qui trempait dans la graisse. Et quelle douce lumière... Ne trouves-tu pas toi aussi qu'il fait trop clair dans les maisons d'ici ? Non, je suis bête, tu as besoin de voir clair pour ta couture, mais la lampe est si forte qu'elle m'éblouit.

– Oui, mon fils, tu as raison ; moi aussi, je regrette parfois la chaude lumière de la lampe à huile et sa bonne odeur... Mais vois-tu, tu ne pourrais pas lire ni faire tes devoirs à cette pauvre lumière qui vacillait au moindre souffle... Plus tard, tu seras instruit et tu auras une vie plus facile que la nôtre. C'est une bonne chose...

— Mais alors, la Mère, pourquoi le Père a-t-il toujours l'air si triste, et pourquoi t'arrêtes-tu de raconter dès qu'on l'entend rentrer ?

— Ganok, parler devant lui de Killiguvuk le ferait trop souffrir... Jamais, je le crains, il ne pourra s'habituer à la vie à Inoucdjouac : il n'est plus personne ici.

— Et s'il trouvait un travail qui lui plaise, il pourrait peut-être oublier Killiguvuk et se faire des amis au village...

– Non, mon fils, je crois que c'est impossible et tu sais pourquoi. Et si un jour tu l'oublies, regarde le grand tambour et sa baguette.

Chaque fois qu'il les voit, là, accrochés au mur, le Père se rappelle qui il était dans notre tribu et ce souvenir le rend fou... Tu le sais, il était l'*angakok* et il l'est toujours : il sait communiquer avec les esprits de la nature, il sait guérir les malades et jamais aucun travail, comme tu dis, ne pourra se comparer aux pouvoirs et à l'autorité qu'il détenait à Killiguvuk... Ici, il a perdu le sens de sa vie... Et le pasteur baptise tous les nouveau-nés.

– En tout cas, son fils est le seul à ne pas se moquer de moi à l'école !

– Tais-toi, Ganok, le Père mourrait de chagrin s'il savait seulement que tu parles à ce garçon. Ne comprends-tu pas ? Les gens du village sont tous chrétiens, pas un n'oserait avouer qu'il croit encore aux Esprits, même si c'est la vérité ; et ici, ce pasteur a des pouvoirs comparables à ceux du Père dans notre tribu... Je t'interdis formellement de parler à son fils, tu m'entends ? Enfin, voyons, tu as assez d'autres camarades à l'école, qui sont des Inuit comme nous ! Je suis désolée que tu ne recherches pas leur compagnie, au lieu de jouer toujours tout seul !

Ganok ne répondit pas. Il quitta la pièce et sortit voir le chien. Kangtsiak n'avait plus de traîneau à tirer ni de meute à commander et en quelques mois il était presque devenu un animal domestique.

Néanmoins, comme tous les chiens d'Inuit, il restait dehors malgré la neige et le blizzard. Il ressemblait à un gros loup avec son pelage épais, ses oreilles courtes, son museau pointu et sa grande queue en panache. Pour dormir, il se roulait en boule, les pattes sous la tête et la queue sur le museau. L'hiver, il disparaissait sous l'épaisseur de la neige... Ganok se disait qu'il rêvait certainement lui aussi à son passé, au temps où il menait les douze chiens de l'attelage déployés en éventail. C'étaient de redoutables bêtes, encore à demi-sauvages, batailleuses en diable. On ne pouvait les approcher et il fallait leur lancer de loin les quartiers de viande du repas quotidien. Avoir été chef d'attelage prouvait les qualités de Kangtsiak.

Dans l'appentis derrière la maison, Ganok jeta un regard au traîneau qui avait amené sa famille de Killiguvuk à Inoucdjouac, un bien grand trajet... Le traîneau avait un air triste, ses courroies n'étaient plus graissées, ses patins non plus. Mais Ganok n'osa pas y toucher, de peur que le Père s'en aperçût.

LE GRAND NORD

Le lendemain en partant pour l'école, Ganok se dit que le printemps serait bientôt là et cette idée le mit en joie. Il n'allait pas en classe à contrecœur, bien au contraire. Il aimait apprendre et retenait sans effort. L'instituteur était un Inuit jeune et sportif qui appréciait ses élèves et les comprenait. Il souhaitait que Ganok s'intégrât davantage à ses camarades et abandonnât ses rêveries qui le rendaient malheureux... Il essayait donc de le mettre à l'aise et de le valoriser de son mieux. Ganok était l'enfant le plus mûr de sa classe et, en outre, il possédait une expérience dont les autres pourraient tirer profit, celle du milieu traditionnel Inuit.

Ce jour-là, le maître lui demanda d'animer la leçon de musique et de parler des chants de sa tribu.

– Les chants, répondit-il spontanément, c'est ce qui manque le plus ici !

Puis il devint rouge de confusion devant sa propre audace.

– Eh bien justement, dis-nous quand vous chantiez chez toi ?
– Presque tout le temps il me semble... Le soir, la Mère m'endormait avec des berceuses très douces qu'elle chantait aussi pour...
Il s'arrêta net.
– Et puis il y avait des chants de chasse que tous les hommes entonnaient en chœur avant de partir à la recherche des caribous... Et les chants des femmes, qui leur donnaient le rythme pour gratter les peaux... Mais les plus drôles c'étaient ceux qu'on improvisait à la veillée : chacun à son tour composait un couplet dans lequel il se moquait gentiment d'un voisin, ou de sa belle-mère, ou d'une jeune fille amoureuse...

Ganok ne parla pas des chants du Père, les plus importants de tous, ces incantations qui s'adressaient aux Esprits. Leur monde était si mystérieux et si plein de pouvoirs magiques qu'il préférait ne pas l'évoquer. De plus, il lui aurait semblé trahir ainsi le Père.

En éducation civique, Ganok était également mis à contribution. Même si ses souvenirs manquaient parfois de précision, il se rappelait combien les membres de sa

tribu étaient solidaires les uns des autres :
- Il y avait une vingtaine de familles et, souvent, on vivait dans le même iglou avec les grands-parents ou les oncles et tantes et leur famille respective. Nous, les enfants, n'étions pas très nombreux, peut-être parce que beaucoup de bébés mouraient. La tribu vivait en communauté et partageait tout. Et on accueillait avec joie les rares personnes qui passaient par Killiguvuk, les invitant à partager le repas et la banquette sur laquelle nous dormions.

Mais ne croyez surtout pas qu'on ne se disputait jamais, oh ! là là, bien au contraire ! Seulement, les querelles étaient vite oubliées... surtout quand les hommes revenaient de la chasse au caribou après plusieurs jours d'absence. L'excitation était alors à son comble. Dès que la nuit était tombée, la tribu entière se réunissait dans le plus grand des iglous pour une mémorable veillée. On était si serré qu'on ne pouvait bouger ni bras, ni jambe... Tous les enfants étaient présents, même les bébés dans les bras de leur mère, et il ne serait venu à l'idée de personne de les envoyer se coucher.

Les hommes racontaient leur chasse : « Vous auriez vu Agoukdjiak, il s'était rapproché en rampant avec une extrême lenteur et se tenait à douze pieds à peine du plus grand mâle du troupeau... Ils se regardaient, l'homme et l'animal, les yeux dans les yeux, et nous retenions notre souffle parce que, d'une seconde à l'autre, l'un des deux allait mourir, mais nous ignorions lequel... » Au cours de ces récits, personne ne se vantait, mais chacun louait l'adresse ou le courage d'un autre. Oui, vraiment, nous nous aimions et nous serrions les coudes car il fallait survivre et chacun avait pour cela un rôle à jouer au sein de la tribu.

C'est ainsi que Ganok, plein de nostalgie, évoquait devant ses camarades la vie des Inuit Caribous, avec une fierté justifiée.

A LA RENCONTRE DES PHOQUES

A la fin du mois de mars, les jours commencèrent à se faire plus longs et le froid moins vif : la température dépassait maintenant 0° durant cinq ou six heures.

L'instituteur décida alors de faire une sortie de classe sur la Baie, ce qui permettrait aux enfants – si la chance était avec eux – de voir des phoques dans leur milieu naturel. En outre, ce serait l'occasion de parler de la chasse au phoque qui était la principale activité d'Inoucdjouac quelque quarante ou cinquante ans auparavant.

– Je me souviens très bien être allé à la chasse avec mon grand-père, dit le maître aux élèves. J'étais assis derrière lui dans son kayak et il pagayait jusqu'au territoire où vivent les phoques. En ce qui nous concerne, il est impossible d'effectuer cette sortie en kayak, pour des raisons de sécurité ; nous prendrons l'*oumiaq* que nous prête Monsieur le Maire.

Le lendemain, le beau temps s'étant maintenu, l'instituteur et son assistant mirent à l'eau cet *oumiaq*, grande barque à fond plat autrefois réservée aux femmes. Elle était faite d'une armature de bois recouverte de peau de phoque soigneusement épilée et cousue. Aucun des enfants ne savait qu'on rendait cette peau parfaitement imperméable en la trempant dans l'urine !

Dans l'*oumiaq* se trouvaient un gros ballot de toile bourré de son et un harpon, celui du grand-père de l'instituteur.

– Mais alors, dit l'un des enfants à la vue du harpon, on va vraiment tuer des phoques ?

– En aucun cas, par bonheur ! s'exclama le maître ; tu sais combien ils ont été décimés pour servir de manteau aux élégantes du monde entier. Heureusement, il y a été mis bon ordre, mais il était plus que temps d'intervenir ! Non, vois-tu, ce sac suffira pour vous faire une démonstration de lancer de harpon ; ce sera lui, le phoque.

Les élèves s'installèrent sur les banquettes de bois et l'on partit. La glace avait fondu le long de la côte et les deux hommes dirigeaient la grande barque dans le chenal d'eau libre entre la rive et la banquise, en ramant avec puissance et régularité.

Ganok n'était pas le moins excité de la bande. Ayant vécu dans la grande toundra à caribous, il n'avait jamais vu de phoque, sinon à l'école, empaillé.

Après une petite heure de trajet, ils accostèrent à un endroit de la côte, connu pour être un territoire à phoques. Ils descendirent à terre – à glace devrait-on dire ici – et le maître expliqua aux enfants ce qu'il attendait d'eux :

– Le grand moment est arrivé ! Je compte sur chacun de vous pour que cette journée soit une réussite. Je veux dire par là qu'il vous faut faire preuve de discipline, de patience et de respect vis-à-vis de la nature. Les phoques sont des animaux très évolués, doués de sens particulièrement aiguisés. Vous devrez donc éviter tout bruit, sinon ils se sauveront et nous n'en verrons aucun. Si vous vous mouchez, si vous éternuez, faites-le à l'abri de votre anorak, ne l'oubliez pas !

Vous allez partir deux par deux et avancer en ligne dans le plus grand silence, en maintenant une distance d'environ deux cents pieds de paire à paire. Dès que vous aurez repéré un trou à phoque, vous ferez signe à vos camarades les plus proches, qui avertiront les autres. Comment reconnaît-on un trou à phoque ? C'est un trou rond dans la glace avec de la neige tassée tout autour : en effet, l'animal repousse constamment la neige avec ses nageoires afin de maintenir l'ouverture dégagée en permanence. Ainsi, il est sûr de pouvoir revenir respirer à la surface de l'eau avant de redisparaître sous la banquise... Enfin, voici ma dernière recommandation : marchez le plus légèrement possible, car les phoques perçoivent la vibration de la glace dès qu'on pèse sur elle. Allez-y maintenant, mettez-vous deux par deux. Ganok, tu pars le premier avec Paul.

Ganok en fut inquiet et ravi à la fois : la Mère ne lui avait-elle pas interdit de parler au fils du pasteur ? Mais dans l'excitation du moment, il n'y pensa plus et la recherche commença.

Les deux garçons avançaient à pas glissés et Ganok, quoique plus fort et plus trapu que Paul, semblait pourtant se déplacer en flottant sur la glace comme un elfe.

Après une marche silencieuse d'une demi-heure, ils aperçurent un trou de deux pieds de diamètre environ entouré de neige tassée. Ils se regardèrent, les yeux brillants, en hochant la tête, puis firent de grands signes des bras à leurs camarades les plus proches. Sans un mot, avec un sourire complice, ils s'allongèrent à plat ventre au bord du trou afin de ne pas faire d'ombre et attendirent. Très vite, une forme se profila sous la glace ; le phoque parvint au trou, prit une grande inspiration à la surface et repartit sous l'eau en flèche.

Quatre camarades rejoignirent Ganok et Paul peu après, se mirent à plat ventre au bord du trou, et l'attente reprit... Plusieurs trous à phoque furent repérés et au bout d'une heure, presque tous les élèves avaient assisté aux remontées des animaux, aussitôt suivies de leur fuite, rapide comme l'éclair.

L'instituteur donna soudain un coup de sifflet et les enfants se rassemblèrent autour de lui. Avec son assistant, il avait apporté depuis l'*oumiaq* le volumineux sac de toile bourré de son qui était censé représenter un phoque, au repos sur la glace. La démonstration de maniement du harpon allait avoir lieu. Il s'éloigna d'une trentaine de pieds et se mit à plat ventre comme le faisait son grand-père. Il s'immobilisa, à l'affût. Le harpon était lourd, il faisait bien six pieds de long et était muni d'une pointe d'ivoire taillée en dents de scie à laquelle était reliée une très longue courroie.

– Attention, regardez bien ! s'écria l'instituteur.

Et il bondit en avant en lançant le harpon de toutes ses forces. La pointe vint se ficher dans le sac où elle s'enfonça profondément, tandis que la lanière émettait un grand sifflement en se déroulant d'un seul coup.

– Bravo ! Bravo ! hurlèrent les enfants en sautant de joie.

– Maintenant, l'un d'entre vous va retirer la pointe du harpon, dit le maître.

Antak se précipita et tira aussi fort qu'il

put. Tout le sac se déchira, le son se répandit, et il eut grand mal à retirer l'arme.

– Voyez, dit l'instituteur, les dents de la pointe d'ivoire s'accrochaient ainsi dans la chair de l'animal. Parfois, le phoque se débattait si bien que le chasseur chavirait avec son kayak et était entraîné par sa proie.

Cette remarque tragique n'eut pas beaucoup d'effet car les enfants improvisèrent alors une ronde autour du « phoque » qu'on allait abandonner sur place. Ganok et Paul en profitèrent pour se donner la main et se la serrer bien fort. Ensemble ils avaient repéré le premier trou et une complicité les rapprochait.

Le retour fut des plus animés. Pour la première fois depuis longtemps, Ganok se sentait heureux. Dans l'*oumiaq*, il s'assit à côté de Paul. Soudain, celui-ci se pencha vers lui et lui glissa à l'oreille :

– As-tu déjà chassé le caribou ?

– Oui, bien sûr ! répondit Ganok. Avant, à Killiguvuk.

En réalité, il était alors bien trop jeune pour pouvoir accompagner les chasseurs, mais Paul n'y connaissait rien en matière de chasse et Ganok ne voulut pas le décevoir.

– S'il te plaît, Ganok, reprit Paul d'un ton presque suppliant, emmène-moi dans la toundra voir des caribous... Quand tu voudras, je serai prêt à te suivre. C'est très important pour moi, tu sais. Promets-moi que tu m'emmèneras voir des caribous !

Ganok hésita, interrogea Paul du regard puis, devant son air sérieux et anxieux, il répondit d'un ton solennel :

– C'est promis.

UNE EXPÉDITION BIEN PRÉPARÉE

Ganok rentra chez lui en courant, tant il avait hâte de raconter sa journée. Mais dès qu'il pénétra dans la maison, il vit la Mère poser un doigt sur ses lèvres pour lui signifier de se taire : le Père était déjà rentré, il fumait sa pipe d'un air sombre. Il ne fallait pas l'énerver avec des histoires puériles, il semblait si préoccupé... Ganok gagna donc tristement sa petite chambre, mais il oublia vite sa déception en pensant à la promesse qu'il avait faite à Paul. Jamais il ne pourrait mieux lui prouver son amitié qu'en l'emmenant voir des caribous ; mais n'était-ce pas risqué ? Paul supporterait-il le trajet ? Et lui, Ganok, ne présumait-il pas de ses propres capacités ?

Les soirs suivants, il n'insista pas pour rester devant la télévision et ne fit aucune difficulté pour aller se coucher, au grand étonnement de Niviaqsoq. C'est qu'il lui fallait prévoir son expédition et cela demandait du temps et de la concentration.

« Je vais dire à Paul qu'il s'habille le plus chaudement possible », se dit-il. « Il nous faut des moufles épaisses et un gros bonnet de fourrure... et des couvertures... oui, des couvertures que j'étendrai sur le traîneau. Pourvu qu'il soit encore en bon état, ce traîneau, le Père n'y a plus touché depuis que nous sommes arrivés ici... Tiens, j'en connais un qui sera heureux, c'est Kang-tsiak ! Il sera certainement ravi de faire une grande course, cela lui rappellera sa belle époque de chef de meute ! Voyons... Si le trajet est long, si les caribous sont très loin d'ici, il faudra emporter de quoi manger, et on partagera avec le chien... Qu'est-ce que je pourrais bien prendre qui soit léger et nourrissant à la fois ? Ah ! J'ai trouvé : des fruits secs et des aliments dés-hydratés... Et puis, la neige donne soif. Alors là, il n'y a pas de souci à se faire, il y a suffisamment de neige pour désaltérer un régiment ! Mais il faut que je prenne une casserole pour la faire fondre, le réchaud et l'alcool qui sont dans l'appentis... Ah ! Et des allumettes, bien sûr. Ainsi, on pourra boire et manger chaud. Et des cuillers... Bon. Je crois que pour la nourriture, je n'oublie rien. Qu'est-ce que le Père empor-tait quand il partait pour la chasse ? Mais oui, son couteau, c'est indispensable : je vais prendre le couteau à neige, il est bien meilleur que tous ceux qu'on achète ici. Oh ! J'allais oublier les lunettes, les vieilles lunettes de neige* du Père qui sont dans le tiroir de la commode. Elles sont superbes. Il faut que je demande à Paul s'il a des lunettes, c'est très important. »

Au bout de quelques jours, Ganok avait rassemblé tout ce qu'il lui fallait. Niviaqsoq s'étonna bien de le voir rajouter deux grosses couvertures à son édredon, mais Ganok lui répondit qu'il pourrait ainsi dormir la fenêtre entr'ouverte. Aussi, elle ne s'en inquiéta pas davantage. L'équipement était prêt, enfermé dans un sac de grosse toile dissimulé au fond de l'armoire.

* Les lunettes de neige traditionnelles sont en ivoire et ne laissent passer la lumière que par une mince fente horizontale. Elles protègent parfaitement les yeux de la réverbération du soleil très intense sur neige et glace.

Il ne restait plus qu'à attendre le jour propice.

L'occasion se présenta la semaine suivante. On était alors à la mi-avril. La radio locale et la télévision annoncèrent pour le lendemain la venue à Inoucdjouac d'une équipe de médecins et de fonctionnaires de Fort-Chimo. Tous les adultes étaient invités à se présenter au bureau d'enregistrement afin de faire contrôler leurs papiers d'identité et de subir ensuite un examen médical. Pour les enfants, ce n'était pas nécessaire, ils passaient une visite tous les ans à la rentrée des classes. La voie était libre...

Aussi Ganok profita-t-il ce matin-là d'un moment où l'instituteur écrivait au tableau pour faire passer un billet à Paul : « On peut partir demain. D'accord ? » « Sensationnel », répondit simplement Paul par la même voie. Un peu plus tard, Paul se fit rappeler à l'ordre par le maître, pour la première fois de sa carrière d'écolier ! ! ! Il n'avait pas entendu la question posée, déjà il filait en pensée sur la glace à la recherche des caribous.

Les deux garçons se retrouvèrent à la sortie de l'école : malgré l'interdiction de ses parents, il fallait que Ganok donnât à Paul les quelques précisions indispensa-

bles. Ce dernier ne tenait plus en place.
- C'est formidable ! C'est formidable ! répétait-il.
- Est-ce que tu es au courant ? Les parents seront occupés demain, c'est le moment. J'ai préparé tout ce qu'il nous faut, répondit Ganok laconiquement.
- Je ne vais pas dormir de la nuit tellement je me réjouis !... Mais où se retrouve-t-on ?... Et quand ?
- Dès que tes parents seront partis, viens me rejoindre dans l'appentis derrière la maison. C'est la dernière de la grand'rue, à la peinture verte écaillée. N'aie surtout pas peur du chien, il est énorme mais il ne te fera aucun mal... Et mets sur toi ce que tu as de plus chaud !
- Bien sûr, bien sûr.
Et après un silence :
- Tu sais, Ganok, je te remercie vraiment, dit Paul avec un grand sérieux.
Les deux garçons se serrèrent la main et chacun partit de son côté. Ganok suivit Paul des yeux ; lorsque ce dernier se retourna pour lui faire signe de la main, Ganok se souvint tout-à-coup :
- Prends des lunettes ! lui cria-t-il.
Mais Paul était déjà loin.

EN TRAÎNEAU !

Le lendemain matin, le temps était clair et le soleil brillait, mais le froid était piquant. Il avait fortement regelé dans l'intérieur du pays, disait la radio nord-canadienne, et Ganok pensa que cela favoriserait leur expédition : il ne leur faudrait pas aller trop loin, car les caribous s'étaient certainement rapprochés des rives de la Baie. Près de l'eau en effet, le sol se réchauffe plus vite, faisant fondre la glace et laissant apparaître à la surface les mousses et les lichens dont ils se nourrissent.

Dès le départ de ses parents, Ganok sortit le sac de toile de son armoire et se dirigea vers l'appentis. Là, il inspecta le traîneau : il était solide, mais pas entretenu.

Ne trouvant aucune boîte de graisse dans l'appentis, il alla chercher à la cuisine l'huile dont se servait Niviaqsoq et en enduisit généreusement les patins du traîneau qui allaient être en contact permanent avec la glace. Puis il déroula un harnais qui pendait à un gros clou et le graissa lui aussi pour en assouplir le cuir.

« Quel dommage ! Si seulement j'avais pu préparer le traîneau comme il faut..., pensa-t-il. Mais le Père s'en serait aperçu et nos projets auraient échoué ! » Il étala les deux grosses couvertures sur le siège et s'approcha du chien, le harnais à la main. Kangtsiak, les oreilles dressées et les yeux brillants, s'était rapproché aussi près que sa chaîne le lui permettait.

– Mais oui, nous partons, mon beau, lui dit Ganok, et c'est toi qui nous conduiras.

Le chien battit l'air de sa queue touffue, comme en signe d'assentiment. Ganok le détacha et eut beaucoup de mal à l'empêcher de s'échapper pour l'amener au traîneau. Il lui fallut s'arc-bouter en se retenant au chambranle de la porte pour ne pas être entraîné par l'élan puissant de l'animal.

Enfin il fut mis au harnais et c'est alors que Paul apparut devant la porte de l'appentis. Ganok le fit prestement asseoir sur le traîneau entre les couvertures, le sac de toile à ses pieds. Lui-même enfila ses moufles et mit ses lunettes de neige, ce qui fit rire Paul aux éclats. Il s'installa alors à l'arrière du traîneau, debout, appuyé à l'armature de bois.

Il n'eut pas besoin d'émettre l'habituel claquement de langue qui donne aux chiens le signal du départ, Kangtsiak était parti comme une flèche à la rencontre des grands espaces où l'appelait son instinct.

L'attelage contourna le village par le haut afin d'éviter toute rencontre et se dirigea vers l'ouest. Paul ne se retourna même pas pour voir diminuer peu à peu les maisons d'Inoucdjouac ; il était tout à sa joie et la course le ravissait.

Le traîneau glissait facilement et filait à vive allure. La surface de la glace était pratiquement plate, mais il y avait beaucoup de petits creux et bosses dus aux congères et, petit à petit, le chien ralentit l'allure.

A l'horizon, pas de montagnes, pas de collines, pas d'arbres non plus, bien sûr. Un désert de glace, infini, et si beau ! On voyait très loin, le ciel était parfaitement clair. Les enfants étaient heureux, grisés par le soleil, le vent qui leur sifflait aux oreilles et la blancheur éblouissante de la glace.

Vers midi, ils s'arrêtèrent. Il n'y avait encore aucun caribou en vue. Les deux garçons quittèrent le traîncau et coururent pour se dégourdir les jambes. Puis Ganok sortit du sac les fruits secs qu'ils mangèrent de bon appétit. Paul voulut partager les siens avec Kangtsiak, mais le chien les refusa catégoriquement.

DANS LA TOURMENTE

Après cette pause bien appréciée, les garçons repartirent et la recherche continua... Le temps passait, le paysage était toujours aussi plat, vide et intégralement blanc. Le traîneau faisait entendre un petit sifflement continu en glissant sur la glace et Paul se sentait tout ensommeillé. Il se frottait fréquemment les yeux, et prit cela pour un signe de fatigue ; mais ce n'en était pas la véritable raison : la réverbération du soleil sur la blancheur éclatante de ces grandes étendues lui brûlait la rétine. Il n'avait pas entendu la veille l'ultime recommandation de Ganok. Et comment eût-il pu penser à prendre des lunettes, lui qui n'avait aucune expérience du Grand Nord ?

Ganok se sentait fatigué lui aussi : cela faisait plusieurs heures qu'il guidait fermement le lourd traîneau et maintenait attentivement sa direction d'après le soleil.

Soudain le ciel se voila, le soleil disparut et un méchant vent se leva. Le brouillard descendit sur eux, de plus en plus épais et il se mit à neiger. Ganok arrêta le traîneau en émettant un cri qui stoppa Kangtsiak. Les garçons se taisaient, déconcertés par ce changement malvenu.

– Nous ne pouvons pas continuer, dit Ganok d'un ton sans réplique, sinon nous allons nous perdre. Le mieux est de construire un iglou et d'attendre que le temps se remette. Regarde dans le sac et sors-moi le couteau à neige. Je vais te montrer, c'est épatant pour tailler les blocs... C'est celui de Killiguvuk, tu sais. Là-bas, le Père s'en servait fréquemment et j'aimais le regarder faire.

– Attends... Je n'y vois rien là-dedans, répondit Paul, le bras enfoncé dans le sac.

– Fouille tout au fond, près des allumettes ! Dépêche-toi !

– Mais... Et les caribous, alors ? On ne va pas les trouver si on s'arrête ici. Et on aura fait tout ce chemin pour rien ! Tu m'avais promis qu'on les verrait et maintenant tu veux qu'on s'arrête, si près du but ? dit Paul, la mine contrariée.

– Ecoute, Paul, sois raisonnable ! On ne pourrait même pas apercevoir les caribous avec ce brouillard... Regarde donc autour de toi !

La neige tombait, de plus en plus drue.

– Tu ne te rends pas compte de la folie que ce serait de continuer dans ces conditions. Fais-moi confiance : Je t'ai fait une promesse et je la tiendrai. Mais le brouillard est le pire ennemi que tu puisses imaginer et pas seulement parce que nous sommes moins expérimentés que des hommes : un jour, mon oncle a failli mourir dans la neige à cause de lui. Il était sorti de l'iglou qu'il venait de se construire pour y passer la nuit et ne s'en était pas éloigné de plus de 15 ou 20 pieds. Eh bien, il lui fut impossible de le retrouver ! Sais-tu ce qui l'a sauvé ? Alors qu'il commençait à s'inquiéter pour de bon, il a vu tout à coup... Tu ne devineras pas quoi... La crotte de son chien qui se détachait sur la neige. C'est ainsi qu'il a retrouvé son iglou !

Paul ne fit aucun commentaire, il était trop déçu.

– Ah ! J'ai trouvé ton couteau, tiens, dit-il seulement... Alors vraiment, on s'arrête ici ? Il n'y a pas moyen d'aller un peu plus loin ?

– Non, avec cette neige en plus, tu n'y penses pas ! Regarde, nous sommes déjà trempés. Et puis tu sais, j'ai un peu peur pour toi, tu es tellement rouge. Tu n'as pas froid ?

– Non, non, je t'assure, ça va très bien. Et d'ailleurs je n'y pense même pas. J'ai juste les yeux qui me piquent de plus en plus et... il me semble que je ne vois plus très bien.

– Regarde-moi. Mais oui, tu as les yeux qui pleurent, avec le vent, ce n'est pas étonnant. Mais dis-moi, tu n'as pas mis de lunettes ?

– Euh... non, je ne savais pas qu'il en fallait.

Ganok n'insista pas. Il avait compris, mais il ne voulut pas inquiéter son ami :

– Ne t'en fais pas, cela va passer ; tu n'as pas l'habitude d'être si longtemps dehors sur la glace, il faut que tu t'habitues au changement de lumière.

Et après un silence, il ajouta pour rassurer Paul :

– D'ailleurs moi non plus, je ne vois pas grand'chose avec ce brouillard ! Allez, au travail ! Tu vas m'aider, cela te réchauffera ; je vais te montrer comment faire. Tu vas voir, ce ne sera pas très long et nous serons vite à l'abri.

– Comment veux-tu que je t'aide ? Je n'ai pas de couteau...

– Aucune importance, car tu ne saurais pas t'en servir.

Et, devant la moue vexée de Paul :

– Oh ! je ne dis pas cela pour te faire de la peine. Regarde : je taille des blocs cubiques que tu vas disposer en cercle ; compte six ou sept pieds de diamètre environ, cela suffira pour nous deux. Tu te mets ensuite au milieu du cercle et je te passe les cubes. Toi, tu les colles bien les uns aux autres. Pour les rangées suivantes qui seront de plus en plus petites, tu disposes les blocs en quinconce en tassant bien la neige de tous les côtés pour que la paroi interne soit lisse... et l'iglou solide ! On laissera un trou en haut pour l'aération. Tiens, voilà les premiers blocs, commence le cercle.

Paul était moins fort que Ganok mais minutieux et il faisait de son mieux pour être un assistant efficace. L'iglou monta rapidement, et la tête de Paul disparut progressivement à l'intérieur. L'abri était petit, juste de quoi permettre aux enfants de s'asseoir et de s'allonger à l'intérieur. Il y faisait d'autant plus sombre que la nuit commençait à tomber. Ganok termina la construction en dégageant au couteau un espace libre à la surface du sol, qui permettait d'entrer et de sortir à quatre pattes. Il était en sueur, tandis que Paul, qui l'attendait à l'intérieur, silencieux et sombre, claquait des dents.

Ganok ressortit pour prendre sur le traîneau le précieux sac et les deux grosses couvertures. Rentré dans l'iglou, il vida le contenu du sac, étendit la toile par terre et la recouvrit d'une couverture. Il mit l'autre autour des épaules de Paul. Assis, les deux garçons se touchaient presque. Ganok passa la tête à travers l'ouverture, on n'y voyait plus rien. Kangtsiak était couché contre le traîneau, les pattes sous la tête et la queue sur le museau, comme d'habitude. La neige commençait à le recouvrir.

Les enfants se taisaient, fatigués et un peu hébétés. Paul claquait des dents convulsivement et Ganok était soucieux. Son esprit de décision reprit le dessus : le plus urgent était de manger, et de manger chaud. Pour le reste, on aviserait plus tard.

Il sortit de l'iglou. Le vent soufflait avec violence et lui projetait en plein visage des flocons de neige qui le brûlaient comme des aiguilles. Prestement, il remplit sa casserole de neige et réintégra l'abri. Il s'agissait maintenant d'allumer le réchaud et de faire sécher les vêtements.

Paul ne disait rien. Il était recroquevillé sur lui-même, tout tremblant. Ganok prit le réchaud et les allumettes. Pour l'allumer, il dut s'y reprendre à plusieurs fois : il craquait une allumette puis la présentait au-dessus du réservoir à alcool qu'il avait rempli. A chaque fois, l'allumette s'éteignait. Sans doute l'ouverture était-elle mal réglée. Ganok était gêné par ses moufles qui lui interdisaient tout geste précis. Alors, dans sa hâte, il les enleva et saisit le réchaud à pleines mains. Ganok ne s'aperçut pas tout de suite que la peau de ses doigts était restée collée au métal... La flamme vacilla et se stabilisa enfin. Ils étaient sauvés !

L'iglou étant petit, il se réchauffait rapidement ; la glace fondait à la surface, rendant la paroi toute brillante. Les enfants se déshabillèrent, car il fallait faire sécher les vêtements trempés. Paul semblait si mince dans son T-shirt, si fragile, avec sa peau blanche et ses membres délicats ! Ganok souffrait beaucoup car ses doigts et l'intérieur de ses mains étaient presque entièrement à vif. Il se dévêtit avec peine. « Heureusement, se disait-il, Paul est si épuisé qu'il n'a pas remarqué l'état de mes mains, ni les traces de sang sur mes habits. Pourvu que j'arrive à rentrer avec le traîneau, sinon que deviendrons-nous tous les deux ? Je n'ai aucune idée de l'endroit où nous nous trouvons. Qui pensera à nous chercher ici, si loin d'Inoucdjouac ? Est-ce que Kangtsiak retrouverait l'iglou si je le lâchais demain matin pour qu'il reparte donner l'alerte ?

Ganok fut tiré de ses sombres pensées par le frémissement de l'eau qui bouillait dans la casserole. Il prit les boîtes d'aliments déshydratés, les ouvrit avec mille précautions et, se mordant les lèvres de douleur, il parvint, en remettant sa moufle droite, à verser l'eau bouillante dans les récipients. Paul, silencieux, claquait des dents. Alors, toujours ganté de sa moufle, avec des gestes très lents, Ganok le fit manger à la cuiller, comme un bébé. Sans un mot, Paul se laissait faire, les yeux fermés. Puis à son tour, Ganok avala à grandes lampées avides une partie de sa ration de nourriture chaude.

– Je porte le reste à Kangtsiak, dit-il.
Et il sortit de l'iglou en rampant.

La tempête de neige le surprit par sa violence. Il déposa la boîte encore chaude près du chien, lui caressa la tête et disparut à nouveau dans l'abri dont il reboucha l'entrée pour la nuit. Il lui sembla à travers ses moufles que le froid de la neige atténuait un peu la douleur de ses blessures, mais elle reprit de plus belle dès qu'il se retrouva à la chaleur relative de l'iglou. Il devait y faire environ 10°.

Kangtsiak accepta après quelques hésitations cette pitance inhabituelle et fade. Il nettoya à grands coups de langue le fond de la boîte, reprit sa pose, les pattes sous la tête et la queue sur le museau. Il ressemblait à un ours blanc, enfoui comme il l'était sous un épais manteau de neige.

LE PRINCE DES CARIBOUS

A l'intérieur de l'iglou, la chaleur – par rapport au grand froid du dehors – était agréable et apaisante. Ganok se sentit soulagé lorsqu'il vit Paul ouvrir les yeux et lui sourire.

– Paul, ça va ? lui demanda-t-il, tu as moins froid ?

– Oui, merci, je me sens mieux.

Et après un silence :

– Merci de m'avoir aidé à manger ; je tremblais tellement que j'aurais eu peur de tout renverser !

– Alors là ! dit Ganok en riant aux éclats, je t'aurais mis dehors avec Kangtsiak !

– Et comme ça, j'aurais peut-être vu les caribous avant toi, dès que le jour se serait levé ! répliqua Paul avec malice.

– Paul, je peux te poser une question ?

– Bien sûr !

– Pourquoi tiens-tu tellement à voir des caribous ? Le jour de la sortie, tu n'avais pas ton air habituel quand tu m'as demandé de t'emmener ; tu étais grave, anxieux même.

– Non, je t'assure, tu te trompes... C'est simplement que j'aime les animaux et que je veux les voir en liberté.

– Oui d'accord, mais ce n'est pas une raison. L'autre jour, à la chasse au phoque, tu n'avais pas l'air de trouver si important de voir un phoque ou pas et si nous n'avions pas eu de chance, tu n'en aurais pas été malheureux pour autant. Tu as une autre raison, je le sens. Paul, tu peux me le dire à moi, je suis ton ami. Pourquoi veux-tu absolument voir des caribous ?

– Tu vas te moquer de moi...

– Moi ? Pas du tout. Je sais ce que c'est : d'habitude, c'est de moi qu'on se moque. Tu ne me fais pas confiance ?

– Alors, promets-moi que tu ne révéleras mon secret à personne, sous aucun prétexte ! A personne !

– Juré.

– Juré, à personne ?

– Puisque je te le dis !

– Eh bien, c'est à cause... à cause d'un rêve que j'ai fait.

– Un rêve ? Quel rêve ?

– Tu as juré, Ganok ! Il y a quelque temps, j'ai vu en songe dans la grande toundra un troupeau de caribous. Ils étaient très grands, majestueux, superbes.

Moi, j'étais caché derrière une petite colline et je les observais. Et tout à coup, alors que j'étais invisible, celui qui était le chef du troupeau – c'était le plus imposant, il avait des bois gigantesques – est venu lentement à moi. Je n'avais pas peur et je le regardais s'approcher. Quand il a été tout près de moi, j'ai levé la tête vers lui. Il aurait pu m'écraser d'un simple coup de patte. Mais non... Il m'a regardé lui aussi de ses grands yeux mouillés, puis il a incliné la tête jusqu'à terre. J'ai compris que je devais monter sur son dos. En m'aidant de ses bois, je suis passé par-dessus sa tête et, une fois à califourchon sur son cou, j'ai senti qu'il se relevait. Au petit trot, il est revenu jusqu'au troupeau et a dit aux autres caribous : « Voici votre prince, Paul, le Prince des Caribous. J'ai fait un pacte avec lui, respectez-le et il nous protégera. En tant que chef, je suis son ami pour toujours. Quant à toi, Prince, promets-moi de revenir parmi nous. Tu seras désormais aimé et honoré par ma nombreuse famille. Mais si jamais tu ne revenais pas parmi tes sujets, malheur à toi, il t'arriverait des choses terribles, à toi et à ceux que tu aimes, et tu ne pourrais rien faire pour les éviter. »

Ses paroles m'ont fait peur et soudain, je me suis retrouvé à terre, à l'endroit où je m'étais caché. Tous les caribous avaient disparu comme par enchantement. Je sais que ce n'est qu'un rêve, mais il me poursuit. Et je sais qu'il faut absolument que je retrouve les caribous, même si je n'en suis pas le prince. Il le faut absolument !

– C'est une belle histoire, dit Ganok très sérieusement, après un silence, et si j'étais initié comme le Père, je pourrais certainement t'expliquer ce mystère...

Les deux garçons se regardèrent pensivement.

– Mais toi, Ganok, dit soudain Paul, pourquoi n'es-tu pas resté chez les Inuit Caribous ? Tu n'aimes pas la vie à Inoucdjouac, je le vois bien !

– Oh ! moi, ça va, répondit Ganok, mais c'est le Père et la Mère qui sont malheureux. La vie était si différente à Killiguvuk ! Il y avait notre famille : la grand-mère, mes oncles et tantes, et ma petite sœur. Et les voisins, les amis. Les hommes chassaient le caribou, c'était notre vie, et presque tout ce qu'on mangeait et ce qu'on fabriquait venait des caribous. Ce sont eux qui nous permettaient de vivre.

– Mais alors, demanda Paul, pourquoi êtes-vous partis ?

– Je n'ai pas très bien compris pourquoi... La chasse est devenue de moins en moins bonne. L'hiver était plus rude encore que d'habitude et les caribous ne trouvaient plus rien à manger, la couche de glace était trop épaisse. Alors, ils ont migré vers des régions moins froides, trop loin de Killiguvuk pour que les chasseurs puissent les suivre. Il n'y avait plus rien à manger. C'est pour cela qu'il a fallu partir : pour ne pas mourir.

– Mais où sont les autres ? Ta famille ? Et le reste de la tribu ?

– Certains sont partis comme nous ; je ne sais pas ce qu'ils sont devenus, le Père et la Mère n'en parlent jamais. Je me rappelle bien ma grand-mère, qui nous a dit adieu en pleurant. Elle ne voulait pas quitter Killiguvuk. Elle a dû mourir de faim et de froid. Elle disait qu'elle préférait cela. Que de toute façon, elle ne supporterait pas ce long voyage et mourrait en route. Le Père a pris nos dernières provisions, des peaux de caribous et son tambour avec sa baguette, son couteau et celui de la Mère. La Mère, elle, a pris ma petite sœur emmitouflée dans le capuchon de son anorak – on ne voyait même plus ses yeux – et nous sommes partis sur le traîneau. Il était tiré par trois chiens seulement, car on avait déjà mangé les autres. Avant d'arriver à Inoucdjouac, ma petite sœur était morte.

Paul resta silencieux, la tête baissée. Puis il leva les yeux et demanda :

– Ganok, ta petite sœur était-elle baptisée ?

– Non. Et moi non plus, répondit Ganok.

– Pourquoi ? Tu ne crois pas en Dieu ?

– Je ne sais pas ce que tu appelles Dieu. Moi, le Père m'a appris à croire en tous les Esprits de la nature et des ancêtres. Lui, il sait, il est initié. Il était le *chaman* de

Killiguvuk, l'*angakok* comme disent les Inuit. Parfois, la nuit, le village se réunissait et le Père chantait et dansait en frappant sur son tambour. Alors, tout à coup, ce n'était plus le Père : il s'écroulait, raide, comme mort, les yeux blancs, révulsés. Les autres disaient qu'il voyageait avec les Esprits et qu'il avait seulement laissé son corps parmi nous. Cela me faisait très peur. Et puis, tout aussi brusquement, il revenait à lui, je le reconnaissais, c'était le Père à nouveau. Il annonçait alors si la chasse allait être bonne ou pas, ou bien il guérissait un malade en posant les lèvres à l'endroit qui lui avait été révélé au cours de sa transe ; il aspirait de toutes ses forces et le mal sortait. Mais depuis qu'on vit à Inoucdjouac, le Père n'a plus chanté, ni dansé, ni voyagé avec les Esprits...

– Je comprends pourquoi mon père ne l'aime pas, dit Paul tristement.

Le réchaud brûlait toujours, émettant une petite flamme bleutée. Paul toussait de temps en temps, et tremblait encore. Ganok souffrait beaucoup de ses mains, mais il n'en disait mot. Enfin, rompus de fatigue, les deux garçons finirent par s'endormir.

LE RETOUR

Au matin, Ganok se réveilla le premier. Le réchaud s'était éteint dans la nuit, faute d'alcool et il faisait froid. On ne voyait pas vraiment clair dans l'iglou mais, même dans ce demi-jour, Paul semblait très rouge. Ganok le toucha : il était brûlant. Il le secoua et lui dit fermement de se rhabiller immédiatement. Lui-même remit au plus vite pulls et anorak et enfila ses moufles sur ses mains endolories et boursouflées.

A l'aide du couteau, il se fraya un passage dans la paroi de l'iglou et sortit à quatre pattes. Il dut mettre ses lunettes de neige car le ciel était dégagé et la lumière aveuglante, après la semi-obscurité de l'abri.

Au loin, il lui sembla apercevoir des silhouettes familières qui se déplaçaient lentement. Il fit un effort et concentra son attention. Pas de doute : ces grands bois, ces corps puissants et pourtant si élégants sur leurs longues pattes, c'étaient trois caribous. Il rentra prestement dans l'iglou, fou de joie. Il entraîna Paul au dehors et lui passa ses lunettes. Mais le soleil de la veille avait brûlé la rétine de Paul qui devina les caribous bien plus qu'il ne les vit.

Néanmoins, un sourire de béatitude illumina son visage et il se jeta dans les bras de son ami.

Maintenant, il était bien le Prince des caribous de son rêve, il leur avait prouvé sa fidélité.

Ganok s'activait, rassemblant les affaires dans le sac de toile. Il sortit de l'iglou, traînant derrière lui les couvertures qu'il étala sur le traîneau. Paul prit à nouveau place sur le siège, le sac à ses pieds. Il souriait, mais Ganok lui trouvait l'air bizarre : rouge, somnolent, il gardait les yeux obstinément fermés. La neige de la veille avait bien sûr recouvert leurs traces, mais Ganok se fiait au soleil pour guider Kangtsiak.

Il leur fallut la journée entière pour parvenir à Inoucdjouac. Ils durent s'arrêter souvent, car Paul avait soif et délirait par moments ; et se contenter de la neige, puisqu'ils n'avaient plus de quoi la faire fondre. Ganok, lui, aurait pu hurler de douleur tant le harnais du traîneau le faisait souffrir. Il l'avait enroulé autour de son poignet, mais ses mains étaient à vif et saignaient dans ses moufles. Quant au chien, malgré son impatience d'arriver au bercail, il avait considérablement ralenti l'allure, n'ayant pratiquement rien mangé depuis la veille.

Ganok songeait à ses parents, et aux parents de Paul... Lorsqu'il reconnut enfin le village, au loin, il se mit à pleurer de joie et d'épuisement.

Dès que l'attelage fut en vue, des enfants coururent préveni les deux familles. L'heure n'était pas aux questions. Paul et Ganok furent séparés et emmenés chacun de son côté : Paul était toujours inerte et Ganok perdit connaissance dès qu'il eut lâché les rênes du traîneau.

Lorsqu'il revint à lui, il faisait sombre dans sa petite chambre. Tout tournait autour de lui à peine entr'ouvrait-il les paupières. Il avait affreusement mal aux mains, la douleur s'était réveillée à la chaleur de la maison. Il remarqua dans un brouillard qu'elles étaient bandées. La porte de la chambre s'ouvrit et Kulluarjuk vint s'asseoir au chevet de son fils.

– Comment va Paul ? articula Ganok avec difficulté.

– Ne t'inquiète pas, mon fils, répondit le Père, il sera bientôt sur pied. Le docteur de Fort-Chimo lui a fait des piqûres et on les continuera encore pendant quelques jours. As-tu vu tes beaux pansements ?

– Et ses yeux, le Père ? Est-ce qu'il ne va pas devenir aveugle ? Ce serait de ma faute, j'ai pensé trop tard à lui dire d'emporter des lunettes de neige. Est-ce qu'il guérira ?

– Bien sûr, mon fils, il guérira. Mais il

lui faut rester dans l'obscurité pendant quelques semaines.

Ganok n'entendit pas la fin de la phrase. Il avait fait trop d'efforts pour parler et s'était à nouveau évanoui. Son petit visage cuivré, tanné par le vent et le froid, était émacié, ses narines pincées. Le Père prit peur et se précipita hors de la chambre...

LES LIENS DE L'INQUIÉTUDE

A Inoucdjouac, on ne parlait plus que de l'aventure des deux garçons et les adultes autant que leurs camarades de classe étaient inquiets à leur sujet.

Durant les jours qui suivirent, les rues devinrent le théâtre d'une animation inhabituelle. Jamais on ne vit autant d'enfants sillonner le village de bas en haut, par petits groupes bavards et excités : Paul habitait au bord de la Baie et Ganok une des dernières maisons au sommet de la pente. Les uns allaient timidement demander à la femme du pasteur comment allait Paul, ils osaient à peine sonner à la porte du presbytère tant ils étaient intimidés. La plupart d'entre eux, oubliant leurs habituelles moqueries, étaient surtout impatients de revoir Ganok. Si Niviaqsoq les avait laissés entrer, il y aurait eu chaque après-midi une vingtaine d'enfants autour du lit de son fils, les yeux brillant de curiosité et d'admiration pour son exploit ! Ah ! Comme il leur tardait qu'il fût rétabli pour pouvoir tout leur raconter, dans les moindres détails. Soudain et à son insu, Ganok était devenu un héros et les petits présents amicaux s'entassaient dans sa chambre, à sa profonde stupéfaction.

D'une maison à l'autre, on se communiquait les dernières nouvelles. L'épicerie-buvette était évidemment le lieu de renseignements le plus actif et les conversations allaient bon train : blancs et Inuit se parlaient les uns aux autres et s'offraient qui une cigarette, qui une tasse de café bouilli à la mode américaine. On sentait que l'inquiétude générale à l'égard des deux garçons rapprochait les deux communautés : des sympathies, des liens se nouaient qui n'étaient pas imaginables auparavant.

Si certains blancs blâmaient Ganok d'avoir entraîné Paul dans cette expédition risquée, ils lui reconnaissaient en même temps beaucoup de courage ; et au bout d'un moment, ils s'accordaient à dire que, tout compte fait, il avait sauvé Paul en le ramenant jusqu'à Inoucdjouac.

Les Inuit, eux, restaient plus discrets. Ils trouvaient cette équipée à leur goût et approuvaient les deux amis pour leur tenacité et leur amour des grands espaces. Cela leur rappelait leur propre jeunesse, leur ancienne vie nomade, et ils évoquaient leurs souvenirs avec nostalgie. En dehors de l'épicerie-buvette, les Inuit se réunissaient entre eux dans la maison du sculpteur Ugjuk, qui lui servait aussi d'atelier. Cet atelier était aménagé comme une maison traditionnelle, avec une plateforme en planches sur laquelle on s'asseyait, jambes tendues bien à plat sur le sol, les coudes sur les cuisses et le torse légèrement penché en avant.

Durant ces journées d'attente anxieuse, Ugjuk était rarement seul lorsqu'il taillait et polissait à petits gestes précis la tendre pierre à savon. Peu à peu apparaissait entre ses doigts la forme d'un phoque, d'un kayak ou d'une femme portant son bébé dans son capuchon, que les assistants regardaient se préciser d'un œil distrait. La mère d'Ugjuk, la vieille Annanak – qui faisait office de sage-femme chez les Inuit – accueillait les visiteurs avec un plaisir évident. Au lieu de sa longue tresse habituelle, elle arborait un haut chignon de cheveux noirs presque bleus, soigneusement enroulés et formant une sorte de coussin serré en son milieu : l'épopée de Ganok lui avait redonné sa fierté et elle avait grande allure.

Bien que le salaire versé à Ugjuk par la Coopérative d'Artisanat de la Baie fût modeste, Annanak proposait aux visiteurs du café, du pudding sec, du fromage ou même du boudin de phoque. Il lui semblait que la vie était moins dure, que le village était moins laid et que tout pouvait recommencer comme auparavant. On bavardait, on commentait les dernières nouvelles des petits malades, et Annanak se demandait : « Kulluarjuk viendra-t-il aujourd'hui nous donner des nouvelles de son fils ? Ganok se sera-t-il enfin levé ? »

C'est ainsi qu'une chaleur et une animation nouvelles avaient fait leur apparition à Inoucdjouac ; et, à l'inquiétude première des questions concernant Ganok et Paul succédaient bien vite les rires et les plaisanteries qui fusaient, dans l'épicerie-buvette comme chez le sculpteur.

ENTRE LA VIE ET LA MORT

Ganok se rétablissait lentement. Niviaqsoq lui changeait ses pansements tous les deux jours et le médecin de Fort-Chimo allait revenir sous peu pour revoir les deux héros. Kulluarjuk avait accepté à contre-cœur qu'il soignât son fils, bien qu'il ne fît pas confiance à la médecine des blancs mais Niviaqsoq ne lui avait pas laissé le choix : plus que ses mains, c'était l'extrême faiblesse de leur fils qui était alarmante. Elle n'allait pas le perdre, lui aussi... Les deux premiers jours qui suivirent le retour, il s'était évanoui plusieurs fois et il n'était pas encore tiré d'affaire. Il restait couché, tantôt réveillé, tantôt sommeillant, et toutes ses pensées allaient à son ami.

Il avait même osé demander à Kulluarjuk d'attraper une perdrix des neiges et de l'apporter à Paul de sa part. Le Père refusa de se rendre au presbytère et ce fut Niviaqsoq qui fit la messagère et apporta à Paul le cadeau de Ganok. Elle ne put s'empêcher de penser à cette occasion combien il avait été stupide de lui interdire de fréquenter le fils du pasteur. Elle avait de la sympathie pour ce garçon. En outre, cette amitié faciliterait à Ganok l'accès à la société des Blancs et à la civilisation américaine.

– La Mère, as-tu vu Paul ? lui demanda Ganok à son retour.

– Oui, mon fils, je l'ai vu, et il te remercie de tout son cœur. Il est très heureux d'avoir la perdrix. Il l'a appelée Tiktak et il lui parle pour l'apprivoiser. La cage est sur sa table de nuit, mais il ne la voit pas, il a encore les yeux bandés. Et il a toujours beaucoup de fièvre, sa maman se fait du souci, répondit Niviaqsoq.

Ganok resta songeur. Il fallait que Paul guérît, il le fallait absolument. Peu à peu, il se remit à somnoler. Cet état de demi-sommeil n'était pas désagréable car une foule d'images défilaient devant ses yeux. Il se rappelait Killiguvuk, sa tendre grand-mère, édentée à force d'avoir mâché des peaux pour les assouplir, et qui riait souvent de toute sa grande bouche vide ; et aussi sa petite sœur dont il ne parvenait pas à reconstituer parfaitement le visage...

Soudain, on frappa à la porte d'entrée. Puis le bruit d'une discussion parvint aux oreilles de Ganok. Les voix se faisaient de plus en plus distinctes, et il reconnut celle du pasteur. Il retint son souffle. Finalement, la porte de sa chambre s'ouvrit et le pasteur entra derrière ses parents.

– Mon fils, dit Kulluarjuk, pourquoi as-tu emmené Paul voir les caribous ?

– Le Père, je ne peux pas te le dire. J'ai juré de ne rien raconter, c'est un secret.

– Ganok, dit le pasteur en s'asseyant sur le lit à côté de lui, c'est très sérieux. J'ai besoin de ton aide. Paul ne va pas bien du tout ce soir. Il délire, on ne saisit pas ce qu'il dit, sauf qu'il parle à des caribous. Tu dois nous dire ce que tu sais, car ton ami va très mal. Tu comprends?

– J'ai promis ! répondit Ganok en rougissant.

– Ganok, je t'en supplie, intervint alors Niviaqsoq, ce n'est pas trahir ta promesse que de nous dire ce que tu sais. La vie de Paul est en jeu. Le médecin de Fort-Chimo est en tournée, il ne pourra pas être ici avant demain matin et... il se pourrait qu'il arrive trop tard. Parle, mon fils, parle, pour l'amour de ton ami !

Alors, à voix très basse, Ganok raconta le rêve de Paul. Lorsqu'il eu terminé son récit, il se tourna vers Kulluarjuk :

– Le Père, j'ai manqué à ma promesse,

mais c'est pour une seule raison : pour que tu aides Paul. L'Esprit des grands caribous l'a pris et il veut peut-être l'emporter pour de bon. Il faut que tu prennes ton tambour et que tu ailles voir Paul, que tu chantes pour lui !

– Non, mon fils, ton ami n'est pas Inuit...

– Mais les caribous lui ont parlé comme à l'un d'entre nous ! l'interrompit Ganok.

– Et il est le fils de Monsieur le Pasteur. C'est impossible, n'est-ce pas, Monsieur ? dit Kulluarjuk en se tournant vers lui. Les deux hommes se regardèrent droit dans les yeux.

– Je tenterais n'importe quoi pour sauver mon fils, répondit le pasteur, les yeux brillant d'anxiété.

– Le Père, je t'en supplie, fais cela pour moi. Montre-leur quel grand *chaman* tu étais... euh, tu es, et enlève Paul à l'Esprit des caribous, reprends-le, et ramène le ici ! ! !

Kulluarjuk réfléchit un moment, regarda son fils et soudain :

– Je vous accompagne, dit-il au pasteur.

Il mit son anorak et alla décrocher du mur tambour et baguette. Les deux hommes s'enfoncèrent dans la nuit.

Paul était au plus mal. Il transpirait abondamment et s'agitait beaucoup. On lui avait attaché les mains car il essayait sans cesse d'arracher son bandeau. Kulluarjuk demanda qu'on le laissât seul avec le petit malade.

Debout au pied du lit de Paul, il prit son tambour et se mit à chanter, pour la première fois depuis son départ de Killiguvuk. De sa baguette, il frappait le bord du tambour, un grand tambour rond et plat en peau d'estomac de caribou translucide, qu'il tenait par une courte poignée de bois. Son chant était rauque et d'abord murmuré, puis il devint de plus en plus violent et sauvage. La baguette frappait le tambour sur un rythme de plus en plus rapide mais très régulier, lancinant. Kulluarjuk accompagnait son chant de grands mouvements qui l'animaient tout entier, de plus en plus amples et souples, en pliant les genoux et en balançant le torse d'avant en arrière et de droite à gauche.

Il invoquait l'esprit des caribous. Petit à petit, il entra en transe, le visage ruisselant de sueur, la voix comme venue d'ailleurs. Il chantait, chantait, battait son tambour avec force, se contorsionnait, le regard fixe dans ses prunelles exorbitées, la salive lui coulant aux commissures des lèvres.

Plus d'une heure s'était écoulée depuis que Kulluarjuk était auprès de Paul. Progressivement, il sembla revenir à lui. Le rythme du tambour ralentit, le chant devint plus doux et enfin il s'arrêta. L'homme était en eau tellement il transpirait. Il était épuisé, mais son visage était serein.

Le pasteur frappa à la porte de la chambre et entra doucement. Il se pencha sur son enfant : Paul respirait normalement, son front était sec et presque frais et il souriait dans son sommeil !

– Il est sauvé, dit simplement Kulluarjuk qui haletait encore.

Et soudain, il éclata d'un rire victorieux et sonore. Alors, les deux hommes se serrèrent la main, très fort.

EPILOGUE

Le lendemain matin, le médecin de Fort-Chimo ne put que constater que Paul était hors de danger et annoncer sa proche guérison. Il était sidéré. Le pasteur et sa femme vinrent voir Ganok durant cette période de convalescence. Ils lui dirent qu'ils ne savaient comment s'acquitter de la dette de reconnaissance qu'ils avaient contractée envers lui et envers son père. Niviaqsoq leur donna alors une idée :
– Notre fils est un Inuit, et il en est fier, leur dit-elle. Mais il sera aussi un homme de son temps. Il comprend vite, il s'intéresse aux études. Emmenez-le un jour à Fort-Chimo ou dans une ville des blancs. Je sais qu'il saura garder en lui tout ce que nous lui avons appris, mais je souhaite qu'il soit instruit et qu'il choisisse par lui-même l'endroit où il vivra. Ce sera le plus beau cadeau que vous pourrez nous faire !

INFORMATIONS
Cascade

A PROPOS DES INUIT

HISTOIRE

Les Inuit sont environ 40 000. Ils vivent par petits groupes de 100 à 400 personnes sur les terres qui entourent l'Océan Glacial Arctique, depuis le Groënland jusqu'à la rive asiatique du détroit de Béring.

La majeure partie d'entre eux est disséminée le long de ces quelque 15 000 km de côtes, tandis que quelques rares tribus, telles celles des Inuit Caribous, vivent à l'intérieur des terres dans des conditions d'isolement particulièrement difficiles, qui expliquent qu'elles aient été parmi les dernières à conserver leurs traditions.

Ce peuple a été appelé « Esquimau » par les premiers missionnaires au XVIIe siècle ; ce terme signifie « mangeurs de viande crue », mais les Inuit ne le connaissaient pas.

L'isolement des Inuit a pris fin après la Seconde Guerre mondiale, à cause de l'importance stratégique de leur territoire, de ses richesses – le pétrole de l'Alaska, par exemple – et de son intérêt scientifique. Enfin, le grand développement de l'aviation a permis de pénétrer dans les régions arctiques les plus reculées.

INUIT est le nom que se donnent à eux-mêmes les Esquimaux.
Il signifie homme, être humain.

- LIEUX RÉELS
- ◦ LIEUX RÉELS ÉVOQUÉS DANS L'HISTOIRE
- ★ LIEU IMAGINAIRE

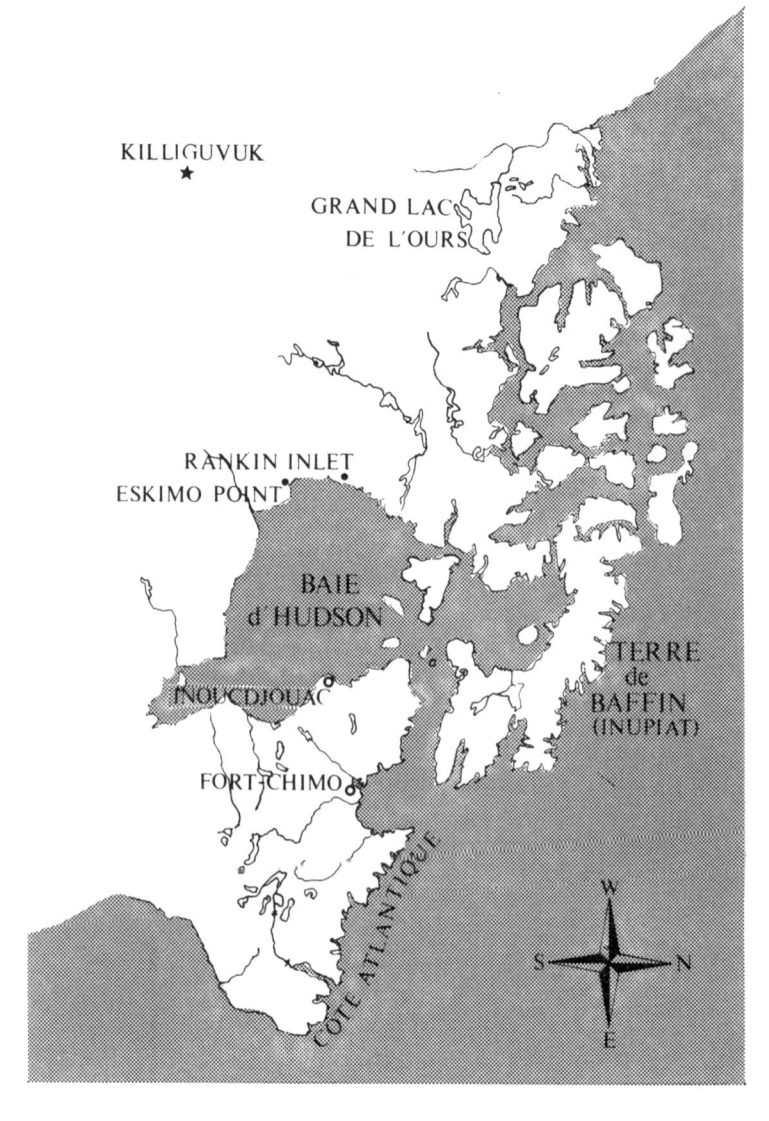

KILLIGUVUK ★

GRAND LAC DE L'OURS

RANKIN INLET
ESKIMO POINT

BAIE d'HUDSON

INOUCDJOUAC

FORT-CHIMO

TERRE de BAFFIN (INUPIAT)

CÔTE ATLANTIQUE

VIE QUOTIDIENNE

Physiquement, les Inuit sont de taille moyenne, plutôt petits et trapus avec des membres longs. Ils ont un visage aplati, aux pommettes saillantes, le teint cuivré et d'abondants cheveux très noirs et lisses. Autrefois, hommes et femmes portaient les cheveux longs qu'ils lavaient dans l'urine pour éviter la vermine.
Ils sont de caractère gai, très courageux et disciplinés par rapport au groupe auquel ils appartiennent. L'incertitude du lendemain fait que chacun dépend des autres pour sa survie et toute conduite indépendante est condamnée.
Les Inuit vivent tous dans des conditions climatiques semblables. L'année ne connaît que deux saisons : un hiver très long de presque 9 mois au cours duquel la température descend jusqu'à $-50°$ loin des côtes et durant lequel le jour se lève à peine, et un été court, frais – de 12 à 15° au mieux en milieu de journée – où le jour est ininterrompu : le soleil est visible au-dessus de l'horizon même durant la nuit.
Donc, 9 mois de nuit et 3 mois de jour.
La vie quotidienne dépend entièrement de ce contraste saisonnier, qui explique aussi la remarquable unité de traditions et de croyances des Inuit.
Leurs croyances, leurs légendes, sont partout les mêmes et l'homme le plus important dans une tribu est toujours l'« angakok » – le chaman – qui communique avec le monde de l'au-delà dans le but principal d'assurer le succès de la chasse.
L'hiver, les Inuit vivaient dans des iglous de neige ou – comme au Groënland – dans des maisons de pierre. Mais la conception de la maison était toujours la même.
On construisait une plate-forme de bois à 40 ou 50 cm au-dessus du sol, avec du bois de flottage que

les Inuit récupéraient sur les rivières. C'était le seul bois qu'ils pouvaient se procurer. Cette plate-forme servait aussi bien aux activités quotidiennes, cuisine, réparation des harnais... qu'au coucher. Fréquemment, plusieurs familles vivaient dans le même iglou. Une simple peau de caribou ou de phoque était alors suspendue, formant une cloison qui déterminait la surface attribuée à chaque famille. La promiscuité ne gênait personne. Sous la plate-forme se trouvaient outils et ustensiles.

> Tous les « u » se prononcent « ou ».
> Exemple : Kulluarjuk se prononce « Koullouarjouk ».

LES ACTIVITÉS

Les activités des hommes et des femmes étaient très spécialisées, au point que les objets qu'ils utilisaient avaient des formes différentes, les couteaux, par exemple. Le couteau masculin était semblable au nôtre, tandis que le couteau féminin, l'« ulu », avait un manche perpendiculaire à sa lame arrondie en forme de grattoir. Il servait à dépecer le gibier selon des règles très précises.

La viande était séchée en lanières au soleil, elle était « boucanée ». On la conservait aussi en quartiers, dans des caches de glace recouvertes de grosses pierres pour la rendre inaccessible aux animaux – aux chiens en particulier –. Le traitement des peaux était particulièrement important et minutieux car il conditionnait la qualité et l'imperméabilité des vêtements : kamiks, anoraks, pantalons, bottes... C'est aux femmes que revenait l'obligation de mâcher longuement les peaux afin de les assouplir.

L'importance de ces travaux féminins explique qu'un chasseur Inuit ne pouvait se passer de femme. De là venait la coutume, mal comprise par les Blancs, de « prêter sa femme ». Lorsqu'un chasseur partait pour plusieurs jours, parfois même une ou deux semaines, il fallait qu'une femme aille avec lui non seulement pour faire la cuisine, mais pour préparer le gibier qu'il rapportait. Si sa femme était malade, un voisin lui prêtait alors la sienne. Jamais un homme n'eut dépecé un animal parce que, dans sa culture, c'était un travail spécifiquement féminin. Son travail à lui consistait à construire l'iglou, chasser, faire et réparer courroies et harnais pour le traîneau et, s'il habitait au bord d'une côte, fabriquer et entretenir son kayak.

En ce qui concerne les Inuit Caribous, la chasse avait lieu à la fin de l'été, lorsque les caribous avaient engraissé. Autrefois, on les tuait avec des flèches, puis au fusil. L'introduction du fusil explique la raréfaction du gibier.

L'été, les tribus se déplaçaient, « nomadisaient » et vivaient sous la tente. C'était la saison de la chasse aux oiseaux. A cette occasion, les familles se retrouvaient au même campement et de grands rassemblements de tribus avaient lieu, au cours desquels se déroulaient des combats tout à fait spécifiques des Inuit : les « duels de chant ». On réglait les querelles en s'affrontant à l'aide du tambour et d'un chant improvisé qui visait à ridiculiser l'adversaire. Chacun à son tour chantait et le cercle des auditeurs décidaient par ses rires qui était le vainqueur.

C'est au cours de ces grandes réunions intertribales que se concluaient bon nombre de mariages.

LES INUIT CARIBOUS

L'histoire qui a été évoquée dans ce livre est véridique. Une tribu d'Inuit Caribous vivant à l'ouest de la Baie d'Hudson, les Outqouqiqusarlormiout, a effectivement disparu à cause de la raréfaction du gibier.

COLLECTION Cascade

7 - 8

L'ABOMINABLE GOSSE DES NEIGES
Alain Surget.

AU PAYS DES BANANES ET DU CHOCOLAT
Karin Gündisch.

DRÔLES D'ANNIVERSAIRES
Dian C. Regan.

COMMENT DEVENIR PARFAIT EN TROIS JOURS
Stephen Manes.

LE FILS DES LOUPS
Alain Surget.

UN KIMONO POUR TADAO
Yves-Marie Clément.

OPÉRATION CALEÇON AU CE2
Catherine Missonnier.

PETIT FÉROCE N'A PEUR DE RIEN
Paul Thiès.

PETIT FÉROCE DEVIENDRA GRAND
Paul Thiès.

PETIT FÉROCE EST UN GÉNIE
Paul Thiès.

PETIT FÉROCE S'EN VA-T-EN GUERRE
Paul Thiès.

PETIT FÉROCE VA À L'ÉCOLE
Paul Thiès.

LA PISTE DES CARIBOUS
Annie Paquet.

POMME A DES PÉPINS
Béatrice Rouer.

QUI A VU LE TURLURU
Alain Surget.

LE SERPENT D'ANAÏS
Gabrielle Charbonnet.

SITA ET LA RIVIÈRE
Ruskin Bond.

LA SORCIÈRE EST DANS L'ASCENSEUR
Paul Thiès.

SUPERMAN CONTRE CE2
Catherine Missonnier.

LE TRÉSOR DES DEUX CHOUETTES
Évelyne Brisou-Pellen.

TRUCS À TROQUER
Marie-Noëlle Blin.

VACANCES SORCIÈRES
Catherine Missonnier.

LE VILLAGE DES SINGES
Yves-Marie Clément.

LE VRAI PRINCE THIBAULT
Évelyne Brisou-Pellen.

9 - 10

UNE AMIE GÉNIALE
Sandrine Pernusch.

ATTENTION AUX PUCES
Jean-François Ferrané.

AU BOUT DU CERF-VOLANT
Hélène Montardre.

LES AVENTURES D'UN CHIEN PERDU
Dagmar Galin.

BILLY CROCODILE
Yves-Marie Clément.

CLASSE DE LUNE
François Sautereau.

LA DOUBLE CHANCE DE JULIETTE
Françoise Elman.

DOUBLE MARTIN CONTRE POISON ROSE
Fanny Joly.

ELSA ET ANTONIO POUR TOUJOURS
Jean-Paul Nozière.

L'ÉTÉ DES CONFIDENCES ET DES CONFITURES
Yves Pinguilly.

EXTRATERRESTRE APPELLE CM1
Catherine Missonnier.

GARE AUX CROCODILES
Jean-François Ferrané.

LE GOUFFRE AUX FANTÔMES
Alain Surget.

LA GUERRE DES POIREAUX
Christian Grenier.

LA GUERRE DE RÉBECCA
Sigrid Heuck.

COLLECTION Cascade

LES INDIENS DE LA RUE JULES FERRY
François Sautereau.
LE JOURNAL SECRET DE MARINE
Sandrine Pernusch.
LE LÉVRIER DU PHARAON
Roger Judenne.
LE MOUSSE DU BATEAU PERDU
Yvon Mauffret.
MYSTÈRE À CARNAC
Michel-Aimé Baudouy.
MYSTÈRE AU CHOCOLAT
Didier Herlem.
UN MYSTÈRE PRESQUE PARFAIT
Didier Herlem.
LA NUIT DU RENDEZ-VOUS
Hélène Montardre.

PARIS-AFRIQUE
Yves Pinguilly.
LES PASSAGERS DU GOIS
Marie Dufeutrel.
LA PLUS GRANDE LETTRE DU MONDE
Nicole Schneegans.
POUR UN PETIT CHIEN GRIS
Yvon Mauffret.
RENDEZ-VOUS AU ZOO
Corinne Gerson.
LE SECRET DE L'OISEAU BLESSÉ
Betsy Byars.
TONTON ROBERTO
Fanny Joly.
TOUCHE PAS À MON PÈRE
Chantal Cahour.

11 - 12

À CLOCHE CŒUR
Marie-Florence Ehret.
L'ACROBATE DE MINOS
L.N. Lavolle.
UNE AMITIÉ BLEU OUTREMER
Yvon Mauffret.
L'AMOUR K.-O.
Jean-Paul Nozière.
L'ANGE DE MAURA
Lynne Reid Banks.
BONS BAISERS DE CALIFORNIE
Marie-Noëlle Blin.
C'EST LA VIE, LILI
Valérie Dayre.
COMME SUR DES ROULETTES
Malika Ferdjoukh.
COUP DE FOUDRE
Nicole Schneegans.
CYRANO JUNIOR
François Charles.
LES DEUX MOITIÉS DE L'AMITIÉ
Susie Morgenstern.
L'ÉTÉ DE TOUS LES SECRETS
Katherine Paterson.

L'ÉTÉ JONATHAN
Marie Dufeutrel.
LA GRIFFE DU JAGUAR
Yves-Marie Clément.
LE JOUR DU MATCH
Gilberte Niquet.
UN JOUR UN ENFANT NOIR
William H. Armstrong.
LE MYSTÈRE DE LA NUIT DES PIERRES
Évelyne Brisou-Pellen.
PIÈGES EN COULISSE
Pierre Leterrier.
UN PONEY BLANC NEIGE
Anne Eliot Crompton.
LE ROYAUME DE LA RIVIÈRE
Katherine Paterson.
LE SECRET DU GÉNÉRAL X
Jacques Asklund.
LE TRÉSOR DU MENHIR
Yvon Mauffret.
LA VOIX DU VOLCAN
Évelyne Brisou-Pellen.
LE VOLEUR DE PANDAS
Alain Surget.

L'AUTEUR

ANNIE PAQUET est née à Clermont-Ferrand. Après des études d'histoire-géographie, elle enseigne au Maroc, à Berlin, à New-York et à Paris.
Ses études d'ethnologie l'ont amenée à s'intéresser de près aux Inuit.
Documentaliste dans un grand lycée parisien, elle est en contact permanent avec les jeunes.

L'ILLUSTRATEUR

CHRISTIAN HEINRICH est né en Alsace. Il a suivi les cours des Arts Décoratifs de Strasbourg animés par Claude Lapointe.

Achevé d'imprimer en janvier 1994
sur les presses de Maury-Eurolivres S.A.
45300 Manchecourt
N° d'éditeur : 2389
Dépôt légal : 94/01/F2971
ISSN : 1142-8252